Rudolf Benedikt

Über Bromoxylderivate des Benzols

Antigonos

Rudolf Benedikt

Über Bromoxylderivate des Benzols

Unveränderter Nachdruck der Originalausgabe von 1880.

1. Auflage 2024 | ISBN: 978-3-38694-578-3

Antigonos Verlag ist ein Imprint der Outlook Verlagsgesellschaft mbH.

Verlag: Outlook Verlag GmbH, Zeilweg 44, 60439 Frankfurt, Deutschland
Vertretungsberechtigt: E. Roepke, Zeilweg 44, 60439 Frankfurt, Deutschland
Druck: Libri Plureos GmbH, Friedensallee 273, 22763 Hamburg, Deutschland

Über Bromoxylderivate des Benzols.

Zweite Abhandlung.

Von **Rudolf Benedikt**.

(Aus dem Laboratorium für analytische Chemie an der k. k. technischen Hochschule in Wien.)

(Mit 10 Holzschnitten.)

„Bromoxylderivate" habe ich in meiner ersten Mittheilung [1] über diesen Gegenstand jene Producte genannt, welche bei der Behandlung einiger Phenole mit Brom bei Gegenwart von Wasser entstehen und mich dadurch in directen Widerspruch mit Liebermann und Dittler gestellt, welche in ihrer ausführlichen Untersuchung des Pentabromresorcins und Pentabromorcins [2] diese Körper als Bromadditionsproducte gebromter Chinone bezeichneten. Ich habe mich seither bemüht, neue, und wie ich hoffe, überzeugende Beweise für meine Auffassung beizubringen. Dies soll im ersten Theile der vorliegenden Abhandlung geschehen, der zweite enthält einige ergänzende Beobachtungen über das Tribromphenolbrom, sowie die Beschreibung mehrerer, noch nicht bekannter Bromproducte dieser Classe.

Pentabromresorcin

$$Br_2 . C_6Br_3H = O_2 = O_2 = C_6Br_3H . Br_2$$

ist die Formel, welche Liebermann und Dittler für das Pentabromresorcin aufgestellt haben. Sie begründen sie hauptsächlich damit, dass dasselbe beim Erhitzen in freies Brom und einen krystallisirten Körper von der empirischen Formel $C_6Br_3HO_2$ zerfällt, welchen sie für

$$C_6Br_3H = O_2 = O_2 = C_6Br_3H,$$

Wien. Akad. Berichte 1879, II, Mai-Heft. — Ann. Chem. Pharm. 199·127.

Ann. Chem. Pharm. 169·252.

Tribromresochinon halten. Die Bildung einer so constituirten Verbindung aus Pentabromresorcin wäre auch, wie ich bereits gezeigt habe, ebenso leicht erklärlich, wenn man das Pentabromresorcin als Tribromresorcinbrom $C_6Br_3H.(OBr)_2$ bezeichnet.

Es hat sich aber herausgestellt, dass der durch Bromabspaltung aus dem Pentabromresorcin erhaltene Körper noch eine Eigenschaft besitzt, welche nach Liebermann und Dittler nur Bromadditionsproducten eigenthümlich ist.

Sie sagen nämlich (l. c. pag. 255): „Nichtsdestoweniger haben neue, von uns aufgefundene Reactionen, z. B. die leichte Bromabspaltung aus den Bromverbindungen den Charakter dieser Substanzen als Additionsproducte auf das Entschiedenste bestätigt."

Diese Zerlegung findet beim Pentabromresorcin bei 157 bis 160° statt, beim sogenannten Tribromresochinon muss man allerdings auf eine um 60° höhere Temperatur bringen, dann tritt die Bromabgabe ebenso regelmässig ein.

Die Versuche wurden genau so wie beim Tribromphenolbrom [1] ausgeführt. Je 1—2 Gramm der Substanz wurden im Paraffinbade auf 220—230° erhitzt, das auftretende Brom in Jodkaliumlösung eingeleitet und das ausgeschiedene Jod durch Titration mit unterschwefligsaurem Natron bestimmt.

	I.	II.	Berechnet für Abspaltung von 1 Br aus $C_6Br_3HO_2$
Br	19·69	21·32	23·19
Rückstand im Kölbchen	79·85	78·54	76·81
	99·54	99·86	100·—

Die Übereinstimmung der gefundenen Zahlen mit den berechneten ist weit davon entfernt, scharf zu sein, die Differenzen sind aber nicht beträchtlich grösser als die bei der Spaltung des Pentabromresorcins oder Tribromphenolbromes beobachteten.

Demnach gibt ein Molekül der Verbindung (wenn man noch die empirische Formel $C_6Br_3HO_2$ beibehält) ein Atom Brom ab. Bromwasserstoff tritt bei dieser Zerlegung nicht auf.

---

[1] L. c.

Vor der Auffindung dieser weiteren Bromabspaltung musste das „Tribromresochinon" in eine Körpergruppe mit dem aus Tribromphenolbrom erhaltenen Hexabromphenochinon[1] gestellt werden, obwohl die beiden Körper ganz verschiedene Eigenschaften besitzen. Während der erstere leicht krystallisirt und z. B. in Äther vollständig unlöslich ist, bildet der andere eine amorphe, in Äther leicht lösliche Masse. Die Untersuchung des beim Erhitzen des „Tribromresochinones" auf 220 — 230° verbleibenden Rückstandes löst diesen Widerspruch. Auch hier findet sich eine unkrystallisirbare, durchscheinende, firnissartige Masse, die nur etwas tiefer gelb gefärbt ist, als die aus dem Tribromphenolbrom erhaltene. Sie ist ebenfalls in Äther leicht löslich. Eine Analyse wurde nicht ausgeführt, weil die Reinigung zu grosse Schwierigkeiten bot.

Verhalten gegen Alkohol und Essigsäure. Keiner der bisher bekannten, pentabromresorcinähnlichen Körper löst sich unverändert in Alkohol auf. Über das diesbezügliche Verhalten des Tribromphenolbromes habe ich bereits berichtet. Ganz ähnlich verhält sich das Pentabromresorcin selbst.

Erwärmt man es mit seinem gleichen Gewichte absoluten Alkohols, so tritt sehr bald eine heftige Reaction ein und die Flüssigkeit bleibt auch nach Entfernung der Flamme so lange im Sieden, bis sich alles gelöst hat. Beim Erkalten krystallisirt Tribromresorcin aus. Die alkoholische Mutterlauge enthält einen öligen Körper, welcher wahrscheinlich durch Einwirkung der losgelösten Bromatome auf Alkohol entstanden ist.

Das „Tribromresochinon" löst sich erst bei andauerndem Kochen in Alkohol auf. Beim Erkalten krystallisirt nichts aus, die Flüssigkeit enthält harzige Zersetzungsproducte.

Auch von Eisessig, sowie von Essigsäureanhydrid wird das „Tribromresochinon" mit dunkelbrauner Farbe aufgenommen. Aus der Lösung scheiden sich beim Erkalten häufig grüne,

---

[1] Der Name dieser Verbindung ist dem des Liebermann'- und Dittler'schen Tribromresochinons nachgebildet. Die Bezeichnung beider Körper ist, wie ich nunmehr selbst zugeben muss, keine sehr glückliche, da sie leicht zu Verwechslungen ihrer bisher allerdings noch unbekannten Muttersubstanzen mit dem Phenochinon Wichelhaus' und dem Resochinon Nietzki's (Berl. Ber. XII. 1982) führen kann.

metallisch glänzende Nadeln eines Farbstoffes aus, welche, mit Kalilauge zusammengebracht, eine erst prächtig blaue, dann dunkelbraune Lösung geben. In dieser wie in fast allen anderen Reactionen zeigt es eine auffallende Ähnlichkeit mit dem Cedriret (Coerulignon).

Es löst sich wie dieses in concentrirter Schwefelsäure mit schöner, kornblumenblauer, ziemlich beständiger Farbe; beim Verdünnen mit Wasser entsteht ein purpurfarbiger Niederschlag. In Phenol ist es schon in der Kälte leicht und zwar mit brauner Farbe löslich.

Reduction mit Schwefelwasserstoff. Eine weitere charakteristische Reaction der Bromoxylderivate findet sich in der Einwirkung reducirender Agentien, welche mit der grössten Leichtigkeit das in der Bromoxylgruppe enthaltene Brom durch Wasserstoff substituiren. So hat schon Stenhouse[1] Pentabromresorcin mit Jodwasserstoffsäure in Tribromresorcin übergeführt, dieselbe Wirkung erzielte ich bei allen Bromoxylderivaten mit Zinn und Salzsäure oder mit Zinnchlorürlösung.

Dass auch weniger energische Reductionsmittel in gleicher Weise wirken, zeigt das Verhalten gegen Schwefelwasserstoff. Stellt man z. B. in einem mit Rückflusskühler versehenen Kölbchen eine warmgesättigte Lösung von Pentabromresorcin her, und leitet getrocknetes Schwefelwasserstoffgas ein, so entweichen sofort Ströme von Bromwasserstoffsäure. Nach kurzer Zeit ist die Reaction beendet, nach dem Erkalten krystallisirt reichlich Tribromresorcin aus. Eine Substituirung der drei restlichen Bromatome durch Wasserstoff findet auch bei längerer Einwirkung des Schwefelwasserstoffgases nicht statt.

Um „Tribromresochinon" mit Schwefelwasserstoff zu reduciren, übergiesst man es in fein gepulvertem Zustande mit Schwefelkohlenstoff oder Benzol und leitet in die am Wasserbade erwärmte Flüssigkeit Schwefelwasserstoff ein. Das suspendirte, gelbe Tribromresochinon wird sehr rasch in ein weisses Pulver verwandelt, welches auf einem Filter gesammelt und in siedendem Eisessig gelöst wird. Beim Erkalten erhält man die langen, weissen Nadeln derselben Bromverbindung, welche ich als

---

[1] Ann. Chem. Pharm. 163·174.

Reductionsproduct des Tribromresochinones mit Zinn und Salzsäure bereits beschrieben habe und die auch H. Claassen [1] durch Einwirkung von saurem schwefligsaurem Kali erhalten hat.

Claassen hält sie für Dibromresochinon $C_6Br_2H_2O_2$; ich wurde durch ihre physikalischen Eigenschaften und die Überführbarkeit in Diphenyl [2] veranlasst, sie als Tetrabromdiresorcin

$$C_6HBr_2(OH)_2$$
$$|$$
$$C_6HBr_2(OH)_2$$

zu bezeichnen. Seitdem haben Barth und Schreder aus der Resorcin-Natronschmelze ein neues Diresorcin isolirt. Um Verwechslungen vorzubeugen, nenne ich desshalb das Diresorcin, welches dem aus „Tribromresochinon" erhaltenen Bromproducte zu Grunde liegt, β-Diresorcin und dieses selbst Tetrabrom-β-Diresorcin.

Gegen die Ansicht Claassen's, somit gegen die chinonartige Natur dieses Körpers spricht schon der Umstand, dass er in verdünnter Kalilauge leicht löslich und daraus unverändert fällbar ist. Zum überzeugenden Nachweise der Hydroxylgruppen wurde das Acetylproduct dargestellt.

Acetyltetrabrom-β-Diresorcin. Kocht man nach Liebermann's Acetylirungsmethode 5 Gr. der Substanz mit ebensoviel entwässertem Natriumacetat und einem Überschusse von Essigsäureanhydrid einige Stunden am Rückflusskühler und verdünnt sodann mit Wasser, so erhält man einen Niederschlag, der durch Umkrystallisiren aus viel absolutem Alkohol in Form durchsichtiger kurzer Nadeln erhalten werden kann.

Die Analyse ergab folgende Zahlen:

	Gefunden	Berechnet für $C_{12}H_2Br_4(O.C_2H_3O)_4$
C	33·85	34·19
H	2·17	1·99
Br.	46·04	45·58
O	—	18·24

---

[1] Inaug. Dissert. Göttingen 1878.

[2] Wien. Akad. Berichte 1878, II, October-Heft.

Das Tetraacetyltetrabrom-β-Diresorcin schmilzt bei 195° C.; es ist unlöslich in kalter Kalilauge, schwer löslich in Alkohol und Eisessig.

Tetrabrom-β-Diresorcin wird wie alle Phenole durch Brom bei Gegenwart von Wasser verändert. Giesst man seine concentrirte alkoholische Lösung in viel Wasser ein, so scheidet es sich in Form eines ausserordentlich voluminösen, rein weissen Niederschlages ab. Derselbe wird von überschüssigem Bromwasser zu tiefgelben Flocken zusammengeballt, welche nach dem Trocknen in Chloroform und Schwefelkohlenstoff leicht löslich sind, aber nicht krystallisirt erhalten werden konnten. Beim Erwärmen schmelzen sie unter Bromabgabe.

Die beiden, noch an den Benzolringen des Tetrabrom-β-Diresorcins haftenden Wasserstoffatome sind durch Brom nicht mehr leicht ersetzbar. Denn löst man den genannten Körper in einer Mischung von Äther und Eisessig auf und versetzt mit überschüssigem, gleichfalls in Eisessig gelöstem Brom, so findet keine Einwirkung mehr statt. Nach dem Verdunsten des Lösungsmittels am Wasserbade hinterbleibt ein brauner Rückstand, welcher durch Umkrystallisiren aus Eisessig den unveränderten Bromgehalt des Tetrabromdiresorcins zeigt.

	Gefunden	Berechnet
Br	60·55	59·92

Dieses Verhalten berechtigte zu der Erwartung, dass das dem Tetrabrom-β-Diresorcin zu Grunde liegende Diresorcin bei der Bromirung in ätherischer Lösung ebenfalls nur ein Tetrabromproduct geben werde.

Zu vergleichenden Versuchen liegt von drei theoretisch möglichen symmetrischen Diresorcinen nur das schon oben erwähnte Barth'- und Schreder'sche vor.

Der Vollständigkeit halber wurde auch noch das von Schreder[1] aus dem Sappanholze dargestellte Sappanin in die

---

[1] Berl. Ber. 5·572.

Untersuchung einbezogen, weil ihm wahrscheinlich die Formel eines unsymmetrischen Diresorcines zukommt.

Diresorcin Barth's und Schreder's. Zur Darstellung des Diresorcins wurden 50 Gr. Resorcin genau nach der Angabe der Entdecker mit Ätznatron verschmolzen.[1] Das Erhitzen wurde so lange fortgesetzt, bis der grösste Theil des Resorcins oxydirt war. Man erkennt dies am leichtesten, wenn man einen kleinen Theil der Schmelze mit verdünnter Schwefelsäure übersättigt, mit Äther ausschüttelt und die ätherische Schichte auf einem Uhrglase abdunstet. So lange noch vorwiegend Resorcin vorhanden ist, hinterbleibt ein das ganze Uhrglas überziehender, strahlig krystallinischer, leicht schmelzbarer Rückstand. Hat hingegen die Oxydation bereits stattgefunden, so ist dieser nunmehr zum grössten Theile aus Phloroglucin bestehende Rest körnig und nicht ohne Zersetzung schmelzbar.

Die Operation dauert je nach der Grösse der Flamme und der Menge des in Arbeit genommenen Resorcins oft weit länger als 25 Minuten.

Zur Gewinnung des Diresorcins aus der Schmelze konnte ein etwas abgeändertes Verfahren eingeschlagen werden.

Der dickliche Extract, welcher nach Abkochen des nach Barth' und Schreder's Angabe erhaltenen Ätherauszuges verblieb, wurde mit dem doppelten Volumen heissen Wassers versetzt und zur vollständigen Vertreibung des Äthers einige Zeit am Wasserbade erwärmt. Beim Erkalten krystallisirt die ganze Menge Diresorcin mit einem grossen Theile des Phloroglucins aus. Man trennt von der Mutterlauge und krystallisirt zweimal aus Wasser um. Es ist dabei leicht, die Verdünnung so zu treffen, dass sich fast alles Diresorcin in Nadeln ausscheidet, während das Phloroglucin in Lösung bleibt. Die Ausbeute betrug 0·8 Gramm.

Da das Diresorcin in Eisessig fast unlöslich ist, wurde es zum Zwecke der Bromirung in Äther gelöst und mit einer ebenfalls ätherischen Bromlösung versetzt. Nach dem Abdunsten des Lösungsmittels wurde der Rückstand zu seiner Reinigung mit Eisessig gekocht. Derselbe nahm nur eine ganz geringe Menge

---

[1] Berl. Ber. 12.

einer färbenden Substanz auf, das gebromte Diresorcin war
darin vollständig unlöslich, zeigte sich also schon wesentlich
verschieden vom Tetrabrom-β-Diresorcin. Der bei der Auskochung
mit Eisessig erhaltene Rückstand war rein weiss und bestand,
wie die mikroskopische Betrachtung lehrte, aus vollkommen
homogenen, durchsichtigen Körnern.

Da sich das Acetylderivat des Tetrabrom-β-Diresorcins
vermöge seines scharfen Schmelzpunktes weit besser als seine
Muttersubstanz zur Vergleichung eignet, wurde auch das nunmehr erhaltene Bromproduct durch Erhitzen mit Essigsäureanhydrid und Natriumacetat acetylirt. Hier bildete sich erst
nach längerem Kochen eine klare Lösung, aus welcher sodann
das Acetylproduct durch Wasserzusatz ausgeschieden wurde.
Zum Umkrystallisiren eignete sich am besten absoluter, mit
etwas Eisessig versetzter Alkohol. In Alkohol allein ist die
Verbindung fast unlöslich.

Bei der Analyse wurde gefunden:

	Gefunden	Berechnet für $C_{12}Br_6(O.C_2H_3O)_4$
C	27·81	27·91
H	1·69	1·40
Br.	56·29	55·81
O	—	14·88

Diesen Zahlen entspricht die dem Tetraacetylhexabrom-
diresorcin zukommende Formel $C_{12}Br_6(O.C_2H_3O)_4$.

Es schmilzt bei circa 259° C., also um mehr als 60 Grade
höher als Tetraacetyltetrabrom-β-Diresorcin. Mithin ist der durch
Reduction des sogenannten Tribromresochinons erhaltene Körper
kein Derivat des von Barth und Schreder entdeckten Diresorcins.

Sappanin. Herr Dr. Schreder war so freundlich, mir einige
Gramme Sappanin zur Verfügung zu stellen. Bei der Bromirung
dieser Verbindung in Eisessiglösung muss man sehr vorsichtig
jeden Überschuss an Brom vermeiden, da sonst leicht vollständige
Zersetzung eintritt und sich ein ganz dunkelgefärbtes Product
in harzigen Tropfen abscheidet. Die bei günstigem Verlaufe der
Operation klar gebliebene Flüssigkeit wird abgedampft und der
Rückstand aus verdünntem Alkohol umkrystallisirt.

Auf diese Weise erhält man braungefärbte Nadeln eines bei 230° C. schmelzenden Bromproductes, welches sich durch seine grosse Löslichkeit in Eisessig, insbesondere aber schon durch die Analyse leicht vom Tetrabrom-β-Diresorcin unterscheiden lässt.

Die Brombestimmung ergab nämlich:

	Gefunden	Berechnet für $C_{12}H_5Br_5O_4$
Br	64·96	65·25

Mithin liegt ein Pentabromsappanin vor.

Formel des sogenannten Tribromresochinons. Es ist leicht, die sämmtlichen beschriebenen Reactionen zu deuten, wenn man das Pentabromresorcin als Tribromresorcinbrom auffasst.

$$C_6Br_3H \Big\langle {OBr \atop OBr}$$

gibt beim Erhitzen zwei Atome Brom ab, dabei entsteht ein Körper, welcher durch sein Verhalten bei weiterem Erhitzen, gegen Alkohol, Essigsäure und reducirende Agentien noch als Bromoxylderivat charakterisirt ist, und zwar lehren die analytischen Belege, dass er auf die empirische Formel $C_6Br_3HO_2$ noch eine Bromoxylgruppe enthält. Folglich kann nur das eine der beim Erhitzen des Pentabromresorcins freiwerdenden Bromatome seinen Bromoxylgruppen entstammen, das zweite muss den am Benzolringe direct haftenden angehört haben.

Dadurch entstehen Reste von der Form

$$C_6Br_2H {-OBr \atop -O-}$$

die dann zu je zweien zu Liebermann's und Dittler's „Tribromresochinon" zusammentreten, welches mithin als Diphenylderivat

$$\begin{matrix} C_6Br_2H {-OBr \atop -O} \searrow \\ C_6Br_2H {-O \atop -OBr} \nearrow \end{matrix}$$

aufzufassen ist.

Diese Formel erklärt auf die ungezwungenste Weise die beobachtete Abspaltung Eines Bromatomes aus $C_6Br_3HO_2$ beim Erhitzen auf 220—30° und die leichte Reducirbarkeit zu Tetrabrom-β-Diresorcin:

$$C_6Br_2H \begin{array}{l} -OH \\ -OH \end{array}$$
$$\mid$$
$$C_6Br_2H \begin{array}{l} -OH \\ -OH \end{array}$$

Auch für die Entstehung des, in allen seinen Reactionen dem Cedriret sehr ähnlichen Farbstoffes beim Kochen des „Tribromresochinons" mit Eisessig oder Essigsäureanhydrid, ergibt sich leicht eine Erklärung mit Hilfe dieser Formel, wenn man gleichzeitig das von Claassen[1] studirte Verhalten des Pentabromresorcins gegen Essigsäureanhydrid in Betracht zieht. In diesem letzteren Falle wird nämlich das Brom der beiden Bromoxylgruppen durch Acetyl ersetzt, und Tribromacetylresorcin erhalten.

In gleicher Weise würde aus dem „Tribromresochinon":

$$C_6Br_2H \begin{array}{l} -OC_2H_3O \\ -O \end{array} \Big\rangle$$
$$\mid \qquad\qquad\qquad\quad$$
$$C_6Br_2H \begin{array}{l} -O \\ -OC_2H_3O \end{array} \Big/$$

entstehen können, ein Körper, welcher unläugbar eine dem Cedriret

$$C_6H_2 \begin{array}{l} OCH_3 \\ OCH_3 \\ O \\ O \end{array} \Big\rangle$$
$$\mid \qquad\qquad\qquad$$
$$C_6H_3 \begin{array}{l} OCH_3 \\ OCH_3 \end{array}$$

ähnliche Structur besitzt.

Für die veränderte Formel des durch Erhitzen aus dem Pentabromresorcin unter Bromabspaltung entstehenden Körpers passt somit die Bezeichnung Tribromresochinon nicht mehr. Ich schlage als den einfachsten und von allen theoretischen Speculationen unabhängigsten den Namen Debrompentabromresorcin vor.

---

[1] L. c. pag. 18.

Formel der Diresorcine und des Tribromresorcins. Im Resorcin $C_6H_4(OH)_2$ sind nur drei an Kohlenstoff gebundene Wasserstoffatome bei gewöhnlicher Temperatur durch Brom ersetzbar. Alle drei sind in das Diresorcin Barth' und Schreder's unverändert übergegangen, was sich aus der oben beschriebenen Bildung des Hexabromdiresorcins folgern lässt. Durch die Diphenylbindung ist somit der vierte, schwer angreifbare Wasserstoff verdrängt worden.

Die genannten Forscher halten ihr Diresorcin für

Fig. 1.

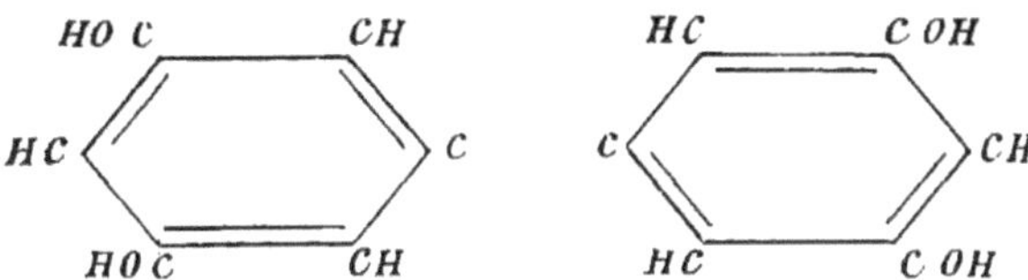

Tribromresorcin wäre demnach:

Fig. 2.

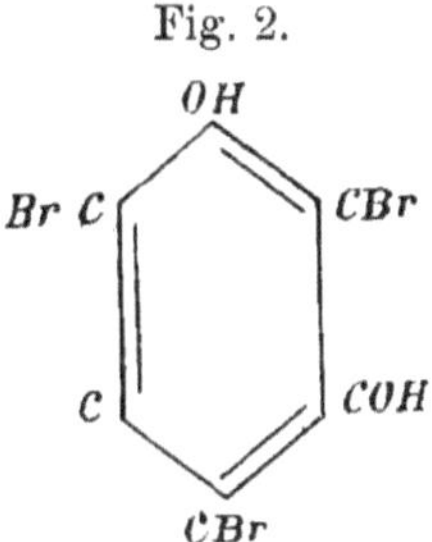

Damit im Einklange stehen die Formeln des Tribromphenols [1] und Tribromphloroglucins:

Fig. 3.   Fig. 4.

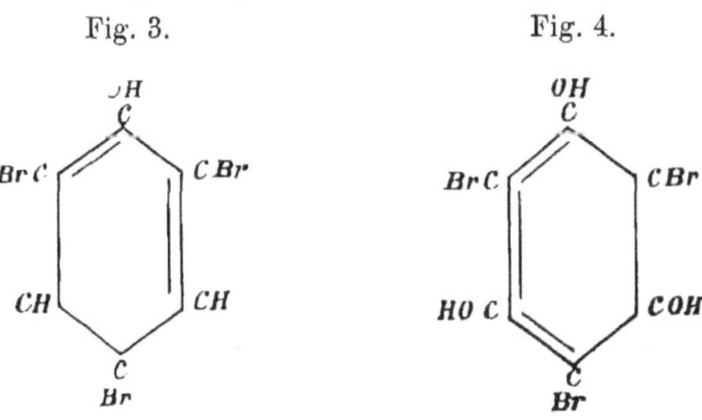

---

[1] Wurster und Nölting. Berl. Ber. 7, 1564.

Im Tetrabrom-β-Diresorcin ist aber die Diphenylbindung in Folge des Austrittes zweier ursprünglich zwei Molekülen Tribromresorcin angehöriger Bromatome entstanden, es bleibt also an den Benzolringen gerade jener vierte, nicht leicht substituirbare Wasserstoff zurück. Daraus erklärt es sich, dass das Tetrabrom-β-Diresorcin nicht höher bromirt werden kann.

Denkt man sich die Entstehung des Sappanins in der Weise, dass aus einem Molekül Resorcin ein durch Brom leicht ersetzbares aus einem anderen das schwer angreifbare Wasserstoffatom austritt, so wird es bei der Behandlung mit überschüssigem Brom (in ätherischer oder essigsaurer Lösung) ein Pentabromproduct geben müssen. Dass dies in der That der Fall ist, spricht für Schreder's Auffassung des Sappanins als unsymmetrisches Diresorcin.

Tribromphenolbrom.

Die in der ersten Abhandlung über Bromoxylderivate des Benzols gegebenen Daten können nunmehr noch durch die Beschreibung des Verhaltens gegen Alkalien und Ammoniak ergänzt werden.

Es sei auch noch erwähnt, dass es mir gelungen ist, durch Anwendung heissen Benzols als Lösungsmittel grössere Krystalle des Tribromphenolbroms zu erzielen, über deren Messung Herr Professor Ditscheiner seinerzeit berichten wird.

Verhalten gegen Ätzkali und Ammoniak. Gepulvertes Tribromphenolbrom wird selbst von erwärmten, concentrirten Laugen fast gar nicht angegriffen, während man eigentlich die Bildung von Tribromphenol und unterbromigsaurem Alkali nach der Gleichung:

$$C_6Br_3H_2 . OBr + 2 KHO = C_6Br_3H_2 . OK + KOBr + H_2O$$

erwarten sollte. Diese Reaction tritt aber sehr leicht ein, wenn man eine Lösung des Tribromphenolbroms in Benzol mit verdünnter Kalilauge schüttelt. Zieht man sodann die wässerige Schichte ab und versetzt sie mit überschüssiger, verdünnter Schwefelsäure, so erhält man einen voluminösen Niederschlag, den man nach dem Umkrystallisiren aus verdünntem Alkohol oder Eisessig an Krystallform, Schmelzpunkt und Bromgehalt leicht als Tribromphenol erkennt.

Auch diese Reaction lässt sich, wie mir scheint, mit den von Liebermann und Dittler für das Pentabromresorcin und ähnliche Körper aufgestellten Formeln durchaus nicht in Einklang bringen.

In der Hoffnung, nach der Gleichung

$$C_6Br_3H_2 . OBr + NH_3 = HBr + C_6Br_3H_2 . O . NH_2$$

zu einem hydroxylaminähnlichen Körper zu gelangen, behandelte ich sowohl festes, als in Benzol gelöstes Tribromphenolbrom mit trockenem Ammoniakgase, ohne jedoch das gewünschte Resultat zu erzielen.

Schüttelt man eine Lösung des Tribromphenolbroms in Benzol mit wässerigem Ammon, so erhält man ebenfalls Tribromphenol.

Tetrabromphenolbrom. $C_6Br_4H . OBr$.

Zur Beschaffung grösserer Mengen Tetrabromphenols ist es nicht mehr nöthig, die Körner'sche Methode [1] einzuschlagen, bei deren Befolgung man durch Erhitzen von Tribromphenol mit Brom auf 170—180° ein Gemenge von Tri-, Tetra- und Pentabromphenol erhält, deren Trennung sehr schwierig und zeitraubend ist. Man benützt vielmehr das Verhalten des Tribromphenolbroms gegen concentrirte Schwefelsäure, um sofort vollständig reines Tetrabromphenol zu erhalten.

Zu einem Versuche wurden z. B. 50 Grm. Salicylsäure in Arbeit genommen und daraus 102 Grm. umkrystallisirtes, reines Tribromphenolbrom erhalten. Bei der Umwandlung dieses letzteren in Tetrabromphenol erleidet man keinen Verlust.

Zum Zwecke der Überführung des Tetrabromphenols in sein Bromoxylderivat muss man es in möglichst fein vertheiltem Zustande in Wasser suspendiren. Dies geschieht am leichtesten durch Übersättigen seiner sehr verdünnten kalischen Lösung mit Salzsäure. Dann setzt man sofort überschüssiges Bromwasser zu. Man lässt so lange stehen, bis sich der Niederschlag vollständig zu Boden gesetzt hat, sammelt ihn dann auf einem Leinwandfilter,

---

1 Ann. Chem. Pharm. 137·199.

presst ihn stark und krystallisirt ihn, unbekümmert um die noch anhaftende geringe Menge Wassers aus Schwefelkohlenstoff und sodann ein zweites Mal aus Chloroform um.

Die Zusammensetzung wurde, wie erwartet, zu C_6Br_5HO gefunden:

	Gefunden	Berechnet für C_6Br_5HO
C	14·37	14·72
H	0·41	0·20
Br	81·95	81·80
O	—	3·27

Das Tetrabromphenolbrom schmilzt bei 121° C. Es ist schön gelb gefärbt und bildet oft zolllange, keilförmige Platten.

Die Krystallgestalt ist nach Herrn Prof. Ditscheiner's Bestimmungen die folgende:

Fig. 5.

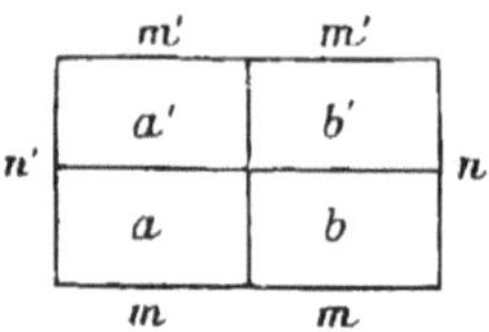

Fig. 6.

Monoklinische Vierlinge.

Beob. Flächen.

$$a = 111 \quad m = 010$$
$$a' = 1\bar{1}1 \quad n' = 100$$
$$mn = 90°$$
$$aa' = bb' = 73°\ 8'$$
$$ma = mb = 53°26'$$
$$ab = 66°\ 22'$$
$$a'b' = 66°\ 22'$$
$$bn = an' = b'n = a'n' = 113°\ 29'$$

Gegen Reagentien verhält es sich dem Tribromphenolbrom vollständig analog.

Durch Kochen mit Alkohol oder mit Zinn und Salzsäure wird es leicht in Tetrabromphenol zurückverwandelt.

Beim Erwärmen mit concentrirter Schwefelsäure schmilzt es anfangs unverändert, steigert man aber die Temperatur unter beständigem Schütteln auf 150° C., so ballt es sich wieder zu festen Klumpen zusammen. Man giesst das erkaltete Gemenge in viel Wasser aus, filtrirt ab, wäscht und krystallisirt aus absolutem Alkohol um. Man erhält auf diese Weise schwach gelb gefärbte Nadeln vom Schmelzpunkte 222° Sie sind in verdünnter Kalilauge leicht löslich.

Die Brombestimmung ergab:

	Gefunden	Berechnet für C_6Br_5HO
Br.	81 30	81·80

Dieser Körper ist somit identisch mit Pentabromphenol (Körner l. c.) und durch moleküläre Umlagerung aus dem Tetrabromphenolbrom entstanden:

$$C_6Br_4H . OBr = C_6Br_5 . OH$$

Pentabromphenolbrom oder Hexabromphenol.
$$C_6Br_5 . OBr.$$

Zur Bereitung des Pentabromphenols kann man entweder die eben angeführte Reaction oder ebenso vortheilhaft die für diesen Fall vortreffliche Körner'sche Methode benützen. Erhitzt man Tribromphenol im zugeschmolzenen Rohre mit einem Überschusse von Brom durch 48 Stunden auf 220° oder höher, so erhält man fast ausschliesslich Pentabromphenol, welches durch Umkrystallisiren aus Eisessig leicht rein zu erhalten ist.

Für die Darstellung des Hexabromphenols ist dem für das Tetrabromphenolbrom Gesagten nichts Neues hinzuzufügen.

Das Hexabromphenol bildet körnige Krystalle von rein gelber Farbe. Es schmilzt bei 128° C.

Die Analyse ergab:

	Gefunden	Berechnet für C_6Br_6O
C	12·73	12·68
Br.	84·54	84·50
O	—	2·82

Die Krystalle wurden von Herrn Professor Ditscheiner gemessen.

Fig. 7.

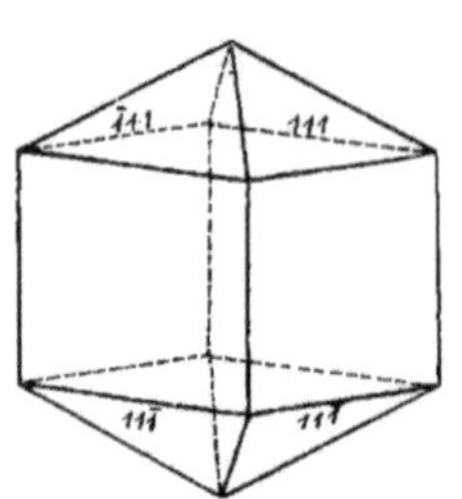

Prismatisch.

$$a \quad b \quad c = 1 \quad 0{\cdot}8200 : 0{\cdot}4398$$

Beob. Flächen   111.110

	beob.	ber.
$110.\bar{1}10 =$	$77°40'$	
$111.1\bar{1}1 =$	$60\ 56$	
$111.\bar{1}11 =$	$48\ 26$	$48°10'$
$110.111 =$	$49\ 25$	$49\ 33$
$111.\bar{1}\bar{1}1 =$	$80\ 40$	$80\ 56$
$110.1\bar{1}0 =$	$-$	$102\ 20$

Fig. 8.

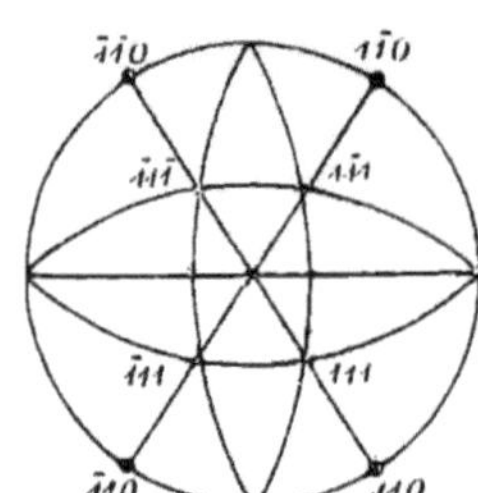

In kaltem Alkohol löst sich Hexabromphenol nicht auf, beim Kochen bildet sich Pentabromphenol.

Beim Erhitzen mit Anilin entsteht Pentabromphenol neben Tribromanilin.

Kalte Kalilauge greift es nicht an, kochende zersetzt es in ein bromformartig riechendes Öl, einen ungelösten gelben Rückstand und einen aus der kalischen Flüssigkeit durch Säuren in Form weisser Flocken ausfällbaren Körper.

Die Reduction mit Zinn und Salzsäure erfolgt sehr träge.

Beim Erwärmen über seinen Schmelzpunkt gibt das Hexabromphenol Brom ab und hinterlässt eine firnissartige, blasige Masse, die bei weiterem Erhitzen wieder schmilzt und sich dann unter Bildung eines krystallinischen Sublimates zersetzt.

Für die Entstehung der beschriebenen Bromderivate des Phenols lässt sich folgende Reihe aufstellen:

Phenol gibt mit überschüssigem Bromwasser

$C_6Br_3H_2 . OBr$ Tribromphenolbrom.

Dieses verwandelt sich beim Schmelzen unter Schwefelsäure in

$C_6Br_4H . OH$ Tetrabromphenol.

Geht mit Bromwasser über in

$C_6Br_4H . OBr$ Tetrabromphenolbrom.

Gibt beim Erhitzen mit Schwefelsäure

$C_6Br_5 . OH$ Pentabromphenol,

welches endlich bei weiterer Behandlung mit Bromwasser

$$C_6Br_5 . OBr \text{ Hexabromphenol}$$

bildet.

Tetrabromresorcinbrom oder Hexabromresorcin.

$$C_6Br_4(OBr)_2.$$

Auch im Resorcin lassen sich alle sechs Wasserstoffatome durch Brom ersetzen. Es gelingt dies leicht durch die Einwirkung überschüssigen Bromwassers auf fein vertheiltes Tetrabromresorcin.

Nach der Angabe Claassen's (l. c. pag. 21) kann man sich grössere Mengen Tetrabromresorcins leicht durch Erhitzen von Pentabromresorcin mit Schwefelsäure darstellen. Das Product dieser Reaction ist neben einer geringen Menge in Lösung gegangenen und beim Erkalten auskrystallisirenden Tetrabromresorcins, eine harzartige, unter Wasser schmelzbare, ganz dunkel gefärbte Masse, welche sehr beträchtliche Quantitäten Tetrabromresorcin an siedenden verdünnten Alkohol abgibt. Will man eine gute Ausbeute erzielen, so muss man sehr oft extrahiren, was am besten mit den Mutterlaugen der bereits auskrystallisirten Partien geschieht.

Eine Erklärung für diese Bildung des Tetrabromresorcins hat Claassen nicht gegeben. Mir scheint sie darin zu liegen, dass das Pentabromresorcin beim Erhitzen mit Schwefelsäure eine molekulare Umwandlung in die Verbindung

$$C_6Br_4{-OBr \atop -OH}$$

erleidet, gerade so, wie sich unter diesen Bedingungen $C_6Br_3H_2 . OBr$ in $C_6Br_4H . OH$ verwandelt. Wie alle Bromoxylderivate müsste dann auch dieser Körper beim Kochen mit Alkohol in das entsprechende Bromderivat, in diesem Falle $C_6Br_4 . (OH)_2$ übergehen. Dafür spricht auch der Umstand, dass aus der erwähnten harzartigen Substanz, nachdem man sie von der aus der Schwefelsäure auskrystallisirten, geringen Tetrabromresorcinmenge getrennt hatte, durch Umkrystallisiren aus Schwefelkohlenstoff oder Chloroform keine weiteren, irgend erheblichen Quantitäten dieses Körpers gewonnen werden konnten.

Der Schmelzpunkt des Tetrabromresorcins wurde zu 167° C. gefunden (163° nach Claassen).

Hexabromresorcin wird in derselben Weise wie Tetra- und Pentabromphenolbrom bereitet.

Es schmilzt bei 136° C.

Seine Zusammensetzung ergab sich aus folgenden Bestimmungen:

	Gefunden	Berechnet für $C_6Br_6O_2$
C	12·31	12·33
Br..	81·87	82·19
O	—	5·48

Die Krystallform des Hexabromresorcins ist nach Herrn Prof. Ditscheiner's Messungen:

Fig. 9.

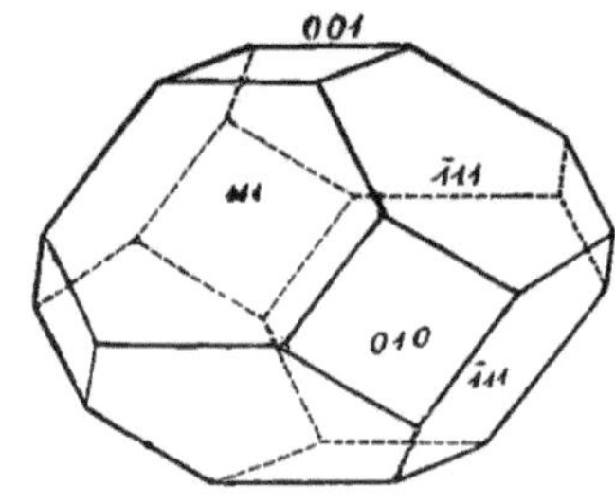

Fig. 10.

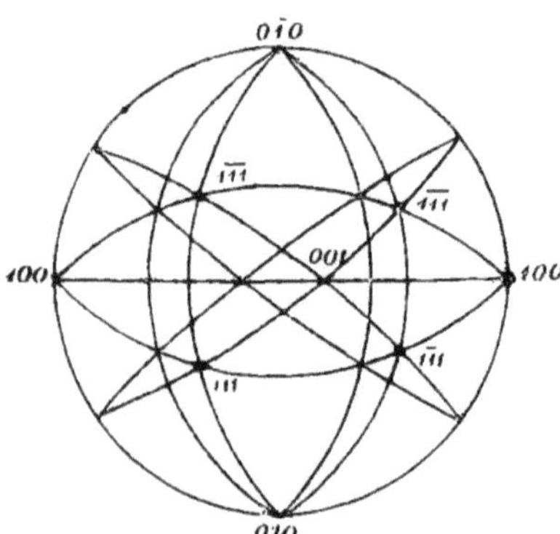

Schiefprismatisch.

$$a \quad b \quad c = 0·9835 \quad 1 \quad 1·6873$$
$$XZ = 85°36'$$

Beob. Flächen: 100.010.001
111.Ī11.

	beob.	ber.
111.100 =	50° 2′	
111 1Ī1 =	82 30	*
111.001 =	70 6	
100.001 =	93 57	94°24′
111 Ī11 =	82 20	82 22
001.Ī11 =	65 6	64 45
Ī11.ĪĪ1 =	77 58	78 20
111.010 =	48 50	48 45
Ī11.010 =	51 2	50 50

Die Dichte bei 16·5° C. ist 3·188.

Fein gepulvertes Hexabromresorcin entfärbt sich bei anhaltendem Kochen mit Zinn und Salzsäure, ohne sich zu lösen. Das Reductionsproduct wird durch Umkrystallisiren aus verdünntem Alkohol in rein weisse Nadeln verwandelt. Sie erwiesen sich als Tetrabromresorcin und zeigten wieder den Schmelzpunkt 167° C.

Auch das Hexabromresorcin ist in Alkohol nicht unzersetzt löslich.

Von verdünnter Kalilauge wird es unter Zurücklassung eines ölartigen Körpers, wahrscheinlich Bromoform, gelöst.

Verhalten anderer Phenole gegen Bromwasser. Man kann die bis jetzt allgemein giltige Regel aufstellen, dass die Einwirkung überschüssigen Bromwassers auf Phenole mit der Bildung der durch gewöhnliche Substitution entstandenen Bromphenole nie ihr Ende erreicht. Nicht immer entstehen aber Bromoxylderivate, in vielen Fällen sind die letzten Producte der Reaction complicirtere, noch wenig studirte Körper, wie sie z. B. von Stenhouse aus dem Brenzkatechin und Pyrogallol erhalten wurden.

Hydrochinon und seine Bromderivate werden in Chinon, respective in gebromte Chinone übergeführt.

Das Phloroglucin gibt ein Bromderivat von der Formel C_6Br_9HO,[1] das Phlorobromin. Beim Umkrystallisiren des Rohproductes aus Chloroform schieden sich einmal aus den Mutterlaugen des farblosen Phlorobromins einige tief gelbe, compacte, leicht verwitternde Krystalle einer andern Verbindung aus, deren Menge leider nur zu einer Brombestimmung ausreichte.

	Gefunden	Berechnet für $C_6Br_6O_3$
Br.	81·02	80·00

Der Körper ist demnach wahrscheinlich Hexabromphloroglucin.

Es ist mir bisher nicht gelungen, die Bedingungen zu finden, unter denen es in grösserer Menge entsteht.

Auch mit den beiden Naphtolen habe ich Versuche angestellt, indem ich die zuerst in der Eisessiglösung erzielten

---

[1] Wien. Akad. Berichte 1877, II Juni-Heft.

Dribromproducte[1] in fein vertheiltem Zustande mit Bromwasser behandelte. Es entstanden dabei schmierige, nicht leicht zu reinigende Substanzen.

In der Hoffnung, dass sich die Monomethyläther der Dioxy benzole dem Phenol ähnlich verhalten würden, weil sie wie dieses Eine freie Hydroxylgruppe besitzen, stellte ich Monomethylhydrochinon und -resorcin dar.

Monomethylhydrochinon wurde zuerst in Dibrommonomethylhydrochinon übergeführt. Bei der weiteren Bromirung bei Anwesenheit von Wasser wird die Methylgruppe abgespalten und es entsteht Dibromchinon.

Monomethylresorcin[2] gibt ein Tribrommethylresorcin (Schmelzpunkt 99° C.), wenn man es in Eisessig löst und mit überschüssigem, mit demselben Lösungsmittel verdünnten Brom mischt. Auch in diesem Falle konnte kein Bromoxylderivat erhalten werden, es trat eine weitergehende Zersetzung ein.

---

[1] Bibrom-α-naphtol. Berl. Ber. 6, 1119.

Bibrom-β-naphtol. wie die α-Verbindung dargestellt. Schmilzt bei 108°.

Habermann, Berl. Ber. 10, 867.